現代歌人シリーズ 14

世界の終わり／始まり

倉阪鬼一郎

Kurasaka Kiichiro

書肆侃侃房

世界の終わり／始まり＊もくじ

カバー装画　倉阪鬼一郎「蠟燭のある海景」

世界の終わり／始まり

空色の観覧車

かなしい色だね蒼天に空色の観覧車ゆるゆると上がり

一生分の子供をさらってしまったひとさらい浜辺にひとり

《きみは光の束になる　だれにも見えない光の束に》

しろがねの水などをあげましょう夏の終わりのあなたのために
なかったことにしてくれと言われてなかったことにしてあげる夏の光

同じところをぐるぐると回っただけで夏の公園を終わりにします
僕はいつも裏口から入る喫茶店のほのかな灯り

赤い屋根につづくはるかな道　眼圧測定器の中の

開かれてあるいはとうに閉ざされて　夏の砂浜　夏の××

どの川も濃い青で塗られていて　右岸と左岸　左岸と右岸

残り少ない細いチューブの青で足る薄明の街薄明の海

地球儀と火星儀ならぶ模型店の夜の扉の前にたたずむ

わが影も悄然と肩を落としていてこんなあたたかな陽だまりにいる

水の中の階段

水の中の階段何も動かない水だけが静かに充ちている場所

折り紙はできないからとりあえず三角を折ってみるできるだけ小さく

花の名をおぼえているよ一つずつ大きな猫も小さな猫も

青い遠近法と赤い朦朧法いずれが優るいずれが消える

後逸し転々とするボール追うライトの少年に少し幸あれ

ビニールハウス何をつくっているのとたずねたら空耳だけど「わたしはいちご」

だいぶ前に死んだ団地の公園のゾウを打つ雨少しやさしく

うるとらまりんのあくありうむのなかにいるふしぎなさかなふとうらがえる

耳ひとつ吹き残されている夜に埋葬の手がしずかに伸びる

終末の朝には一つとうめいな花火のようなものがあがるよ

鳥籠のない鳥

哀歌をやめなさい世界にはもう鳥籠はないのだから鳥よ

神の夢ほんのささいな手違いであなたもみみずわたしもみみず

いちばん怖いものは何なのってむかでになったきみが問うから

眠っていたのかと死神のようなものがだしぬけに肩をたたく朝

しなやかな透明のもの還りゆく冬の星座を遠く離れて

うたびとに我あらざれば眺めいる光あふれる終末の地を

火星より眺めてあらば美しき楽園のごと青き地球は

低音で歌いつづけたさみしい歌をただ一声の高音が断つ

コミックソング響きつづけるこの青い廃墟にはだれもいない

最後の飛行船

晴れわたる終末の地の上空を赤い飛行船ゆるゆる流れ

最後の飛行船には何も描かれていないその目にしみるような白さ

鉄橋を渡りきってもだれもいないあの町もこの町も無人

いとかすかなるものを考えてみる白でもとうめいでもない何か

哲学をするために生まれてきたかたつむりもかたつむりの母も

実を申すとあいにく人ではないものでそこから先はわかりかねます

キッズスペースで夜もあお向けにされている碧すぎる目の人形たちよ

姿なき飛行機通り過ぎていく人滅びたる夜明けの空を

銀色の塔の囚人

常にそこに立っている窓一つだけの銀色の塔の囚人たち

石になってしまったあなたが笑うこんなに白い世界の隅で

回転寿司の二番目の皿を間違えつづけてきた人生のささやかな終わり

空耳で夜なかに不意に目をさます「Pontaカードはお持ちでしょうか?」

この地球という星に生まれてベビースターラーメンを一袋買う

いいじゃないの滅びてしまえばぜんざいのなか白玉は浮き

句点永遠につづいていくその円環の果ての空白

たった一粒の砂から始めようこの星を砂の海に沈めるために

ランドルト環　上下左右に開いているどこかに一つ閉じた円環

絶望の島

泳いでいく俺たちは沖へ沖へと泳いでいく行く手に光る絶望の島

背泳ぎの空はこんなに美しい炎上の島はるかに離れ

蠟燭がたった一本ともっているだけの世界にもう生まれてしまったからきみは

眠れない深夜バスのつれづれに想う世界の終わり／始まり

水の中に長く沈みつづけてきた神殿世に現れる終末の世に

わたくしが私を殺す夢の果てに無数の我が飛び立っていく

闇色の回送列車に乗せられていくいくつかの財布と人形たちよ

鹿くれば鹿にえさやり猫くれば猫にえさやる人生なりき

わたしとあそんでくれないか　だれもいない風の砂だまりにいる

あかるい未来示すばかりの看板に描かれているかなしい白鳥

they were gone みんな行ってしまった丘の町に取り残されるカーブミラーたち

夜明けの廃墟

見るな　きみのうしろを全速力で飛び去っていくあのバーコードの群れを

明暗のないフラットな世界でパンチ穴だけが穿たれていくそのスピードで

棚は豚がほほえむ加工食品ばかりで店外へ続く長い長い行列

消失点無数にありてこの町もこの国もこの星もみな額縁の中

快速船猛スピードで走り去っていく乗組員すら一人も乗せず

生まれる前から麻酔をかけられていたぼくたちはめざめる夜明けの廃墟

わたしは白鳥　かぶりものをして笑われてさみしい一生を終える

サポーターだらけの力士夜の街を疾走していくもう二度と灯りがともらない街を

短歌を一首忘れてしまった　永遠に閉ざされてしまうささやかな世界の入口

これは私の言葉ではない　闇を疾走していく長いチューブの側面
すべての感情はまやかしだから何も盛られない皿を一列に並べる

まぼろしの鳥

晴れわたる真っ青な空の瑕《きず》として南へ向かうまぼろしの鳥

人形は夢を見ない　それを正しく証明できますか人間たちよ

カーブミラーの代わりに無数の蠟燭が立つだれも通らぬ崖沿いの道

調律の狂っているヴァイオリンと世界と時刻表の数々

瞳孔の開きしままのわたくしにかくも冷たき光の流れ

われはあなたとめぐりあう五十六億七千万光年の彼方

生まれる前から行列に並んでいた長く暗い橋を渡るための

砂色の卓布に置かれた青いだけの水差しそこからは世界が見える

人生はスライスチーズ　薄いラップを一枚ずつゆっくりとはがして

大変だね、と言って砂の穴にもぐっていく鯰のような黒い生き物

人間らしい髪の色に染めるために落ちないように首を支える

巡礼は鈴を鳴らして消えていくその崖下の群青の海

銀の鈴打ち鳴らしつつ騎士は去る甲冑の中いちめんの闇

無の断片

火星、その荒涼たる風景が広がる場所は残念ながら故郷ではない

火星にも土星にもおれ　もしくはおれに似たのっぺらぼうの何か

冥王星の暖炉を思う　あるはずのないあたたかい火を

続くだろう丘の上の廃屋へ点々と血とちいさな足跡

人生は些事から成ると言うけれどただふりつもるこの歳月は

だれが詠むか家族人生政治などおれの言葉は無の断片だ

雨音を聴いている打たれているいにしえからの道祖神もわたしも

おいしい唐揚げもいかがですかと問われて全体重をかけて「いらない」と答える

楽器店と書店の名前同じにて駅前通りすべて閉店

世界と等価な鳥籠を探しつづけてやっと見つけたけれど鳥がいない

世界が終わる日

ずいぶん長く待ったかいがあったね　こんなさわやかな世界の終わり

それは大きな黒い鳥が西の空に現れた日のことだった

永遠に「永遠」という字を書いたなら「遠」はどこで崩れるのだろう

終わりにしよう白く波立つばかりの海に真っ赤な帽子を投げて
もうみんなかくれてしまったから鬼ごっこをやめて家にかえろう

別れのワルツを歌ってあげた　靴になってしまったあなたのために

黒いアイマスクのゴムがこんなに伸びてしまったからこの世界は終わりだ

この星が滅んでしまった大事な日のことを忘れていました

われらことごとく目をあけるかなた塔がゆっくりと崩れていく

長い長い短冊のようなもの　世界が詩でできていると思っていたころの

颪の門

颪の門は閉まった　それからを生きるペンギンなど

揚雲雀が今日はあんなに鳴いているからまた革命が起きるのだろう

空が風のような明るさだったので帆船を一つ作ってあげた

よく晴れた冬空をただ飛ぶばかり十年前に猫だった鳥は

長い無名の詩のなかでずっと眠りつづけている鳩よおやすみ

おはなしはぜんぶ終わったからたぬきのたの字を抜いてください

何度でも初めから倒れるからくり人形の金色の目

ここを去ることにする冬の浜辺をだれもいない砂だまりの場所を

海へ行け　風の歩道橋を渡りくるむかしの夢やその他もろもろ

短歌から遠く離れて

生まれる前からスフィンクスだから難問を一つ出してみる、さて

食えませんね「食えないもの」にしか見えません、それは

短歌から遠く離れてふりかぶるバックネット直撃の球

起き上がり方を忘れてしまった　五十六億七千万年ほど眠ってみる

蚯蚓蛞蝓蜈蚣たち「おかあさんといっしょ」がはじまるよ

おのれは、と言って襲ってきたなんだかよくわからないものを斬った

待たれよ、ここは風の辻だと何度言ったらわかるのだろう

数珠つなぎになって数珠つなぎになって呪文のようなものが来る

ティーバッティングが足りていないから塚本邦雄を読み返してみる少し

帯に短くたすきに長いものだからそこで蠢くままにしておきます

〈これは私です〉《これは二番目の私です》以上

火星人vs金星人

あんなに細く傾いているから彼は火星に還るのでしょう

議論はもう出つくしました金星人からお並びください

失敗したロボットだからいまだに「あお」と「あか」の区別がつかない

〈急送します〉人間そっくりの着ぐるみとお面

たすけてくれたすけてくれ古代の円形闘技場《コロシアム》に囚われている

考えてはならないことを考えるため小麦粉を少し買ってきました

たぶんゆっくりと回っているだけだから人工衛星など見えなくていい

煮えた大根の断面をイデアと思う　そう思うようにして久しい

もうこれ以上大きくなりませんとぶよぶよした定規を当てられる夜

祭りだ正気を保つためにアルファベットを五回唱える

何の祭りかわからないけれど黒いうちわをもらって振った

OUT OF SERVICE

どんなにこわれていても大丈夫ですと廃人回収車が巡回する町

これを書いたのはおまえかと貌のないものが問いつめる朝

OUT OF SERVICE　空白の記憶のように通り過ぎるバス

いつ見ても運転手しか乗っていなくて恐ろしくなる回送のバス

牛だったかもしれないものを疑いもなく下水に流す

濁った池があればと思うわが分身を泳がせるため

こんな雨の日ぐれは黒い傘でビニール傘をいくつも殺める

この東京という街はおもしろい等間隔に杭打ち並び

せっかく横浜まで来たのだから横浜駅の裏をながめる

窓の外をまことしやかに流れていく景色よ止まれ朝の光だ

荒野のなか左から右へ流れていくあの自販機の緑の灯り

疾走していったのはただの時間だから夜明け間際の吉野家は無人

餃子の王将の裏手の線路で粛々と轢死体が運ばれていく

再生ボタンが押されてしまったのでもうじき生前のわたしがうつります

永遠の不在を示す赤ランプ一つずつ点き全席不在

扉の中の椅子

百年に一度ひらく窓の向こうにうっすらとたたずむわたし

百年前に死んだ私だから九月の空がこんなにも青い

夢を見ずに眠れば、一つ、賽の河原に石が積まれる

ずっと待機していた男が立ち上がるシンバルを一つ打ち鳴らすため

思う思う秋天の白い日より下りてくる一対の梯子と椅子

水彩画家が描き残した扉の中に椅子を開いて座っています

氷の果ては氷ばかりで旅の商人は銀貨を拾う

どう見ても人形だから六月の花嫁はみんなはだし

どの村も見知らぬ他人として通り過ぎて……雨

匣の中の小さな匣を思う　だれにも見えない見えるはずのないものを

世界のかたち

ふ、という字に息を吹きかけてみる　少しふるえる世界のかたち

世界はもう始まっているからロードバイクで風の峠へ

さようならわたしの分身流れていく幾千光年の銀河の果てへ

塔に一つ窓があることに気づいた日から始まる共和国の崩壊

刃を思う　人を殺めるためでなく水を断ち切るための刃を

白衣を着た人形虚ろな目を開く高い塔のあるがらんどうの病院

泣けとごとくに漁火ゆれる船はもうぜんぶ沈んでしまった海で

タイタンは今日も土星の周りをまわっている自らの意志とは関わりもなく

世界はこんなにもささやかに始まるからまず一画目の横棒を引く

世界のどこからも見える焼却炉　何を燃やしているかもうわからない

どうしても何かわからなかった塔の最上階のモニュメントもうじき見える

カウントダウン

いと細きものを考えてみる言葉であって言葉ではない何か

呪文はもう唱え終わったからまもなく水平線に赤い船が現れる

これはシステムではない　にこやかにティッシュを配るロボットも桜も

野立看板茜に染まる逆光のまぼろしの文字「世は終末へ」

わたくしの埋葬を終え振り返る砂浜の果て群青の海

たすけてという細い声響きつづけている河川敷はポピーが満開

こわれた心の風船を少しだけ追いかけてみるいつか見た青い

私からわたくしをゆっくりと剝がしてみる明日もこの世界で生きのびるために

夜あおむけにされて数を数えられているそのいやに間延びしたカウントダウン

戦争に見えて思わずうろたえる「食事とコーヒー」の字体が変で

人生の何杯目のカレーだろうとふと思いトッピングするスクランブルエッグ

もう来るはずがないバスを待つ停留所脇の地蔵そのほか

おのれがおのれであることを知らず白鳥も黒鳥の群れも

異教徒の裔《すえ》

だれのせいでもなくだれのためにでもなく雨ふりしきる廃れた星の公園

停まっているように見える観覧車本当に停まっている最上部のあの人影も

血を流すその一滴の血を垂らす我も汝も異教徒の裔

花火永遠に始まらない暗い砂浜に寄せては返す波は

膨張するピーマンの空洞を思えばぽぽぽぽぽーんと鳩時計鳴る

雑草という草はなけれどささやかな美観のために庭の虐殺

あたまの器はとうにこわれてしまったから白いことばを拾って歩く

断片以前の言葉の海の波の間に浮かんで消える純粋短歌

短歌から遠く離れて沖を泳ぐはるかにかすむわたくしの国

べたべたとまとわりつくわたくしを斬りつくしてこんなにも晴れやかなわたしの短歌

落丁だらけのおれの人生の歌集を読めるものなら読んでみやがれ

時は流れずといえども刻々と変わりつづけるこの赤と黒の数字

立ったまま眠っていたおれがおれでなくなってしまったあの夕ぐれも

夜明けにも日暮れにも諧調ありて今日もまた永遠に終わりから二番目の日

哲学の迷宮

哲学の迷路を抜けて哲学の迷宮を抜けまた哲学の

わたしの死後もなぜか続いているこの世界をまことしやかに四色の地図

存在するのはただ「今」だけでひたすらにふりつもっていく「今」のぬけがら

私は単なる一個の謎で少しずつ剝かれていき何も無くなる玉ねぎの空虚

時は流れず……と哲学者は語る逝きて久しきその録音の声

存在それ自体の一つの奇跡としての猫とその飼い主の我と

本当は我かもしれぬ鳥帰る彼方に赤き夕焼けの空

我と私はすれ違うしずかに蓮の花咲くあの赤い池のほとりで

私はやがて消えていくあの闇空の片隅を見上げてくれ娘よ

イデアの食卓

「かぎりなく菜食に近い偏食です」と自己紹介して久しイデアの人は

肉は駄目だがカツカレーは食すわたしは死ぬまでイデアを食べて

魚は駄目だが嘘臭いほど赤いまぐろの刺身はむしろ好物だったりするイデア

鶏肉だけ残すから代わりにハムだとイデアが喜ぶ少し破れた喫茶店のオムライス

生前の姿を思い浮かべないように原材料などは確認しないイデアの食卓

貝の殻が降りつもっていくのは他者の椀だけでその乾いた響きの反復

たこ焼きのたこは不可視ゆえ許すたこそれ自体は金輪際食わず

エビフライは衣を着ているから許すエビは許さないイデアの人は

「肉も魚も駄目なので」とウインナーとカマボコ食すイデアの人は

ある帰還

見える　本当は呪いがかかっている穏やかな枝ぶりの松ここからは見える

そこで飛べ　風に揺りやまぬ逆光の葉からこぼれるまぼろしたちよ

わたしの傘のゆくえを思う　折れた破れた棄てた忘れた白い傘たち

ミラーボールの地球が回る無人のパブ　壁にびっしり独裁者の肖像

帰還した謎の男が吹いていた銀のハモニカ錆びて埠頭に

決定的なことは常に起きてしまっているから海の夕焼けがあんなにも赤い

俺たちは同じ船に乗っているだれにも全貌が見えないこの真っ赤な船に

世を終わらせるために戻ってきた謎の老人だれも気づかない漁港の夏

始まりのうた

始まったときにはもう終わっているいっさいの展開がない音楽の始まり

家にピアノがあれば黒鍵で少し弾くだろう世の終わりのためのあの音楽を

遊星を巡りてきたるたましいの終の棲処かこの海底は

深海の神殿の下より手は伸びてそこから先はだれも知らない

いまはまだ何も始まっていないからさんかくの耳もつものをいだいて眠る

始発駅にならない本当の終着駅に捨てられている逆光の自転車の群れ

存在の砂を飛ばしてあの平原を疾走するだれも乗せない赤い機関車

野の果ての砂に埋もれしハープにて風は奏でる始まりのうた

あとがき

三十年ぶりの第二歌集（二三〇首）をお届けします。

ここにたどり着くまでにはいろいろと紆余曲折があったもので、まずはその道筋をたどってみることにします。

すでに句集は四冊あり、俳句関係の新書も上梓しています。作句を開始したのは平成と同時ですから、いつの間にか時が経ちました。

しかし、もともとは短歌をつくっていて、俳句へと転向するかたちだったのです。学生時代は早稲田大学の幻想文学会に所属し、幻想短歌会という分科会を主宰していました。短歌研究会とは交流がありませんでしたが、早稲田大学百周年記念文芸コンクールの短歌部門では佳作に入選したりしています。そのかたわら、コピー製本の私家版歌集を二冊出してから（『月光譚』と『春の匕首』）、一九八九年に第一歌集『日蝕の鷹、月蝕の蛇』（幻想文学会出版局）を上梓しました。

ただし、このときにはもう短歌から俳句に転向していました。唯一になるはずだった歌集のあとがきにはこう記されています。

「二一歳の時に突然歌を作りはじめ、三年後にやめた。どうして始めたのか、やめたのか、いまとなっては思い出せない。〈元歌人〉として歌集を出すというのも妙な話だが、二〇代のうちにまとめておきたかった」

いまとなっては思い出せない、というのは多分に韜晦で、短歌より俳句のほうが格段に風通しが良く感じられてきたから転向したのです。

言葉数の多い短歌には意味がべたべたとまとわりついてきます。それがどうにも鬱陶しく、風通しが悪く感じていたような記憶が残っています。

しかし、それから二十年近く経って、単純な事実に気づかされました。

意味がべたべたとまとわりついてきて鬱陶しかったのはあくまでも私の短歌であり、その言葉なのであって、短歌という型式の罪ではないのだ、と。風通しのいい短歌を詠む才能豊かな歌人はたくさんいて、新しい短歌の可能性は大いにあるのだ、と。

こうしておもむろに短歌を再開し、いまここにようやく成ったのが三十年ぶりの第二歌集というわけです。

風変わりなタイトルですが、当初は「世界の終わり」と「世界の始まり」の二部構成になっていました。世界の終末の光景を好んで詠んでいたところ、東日本大震災でまさに終末を彷彿させる光景に遭遇し、いささか思うところがありました。

そこで、「世界の始まり」では、多少なりとも希望のある歌を詠もうと考えて二部構成にしてみたのですが、人間がそう簡単に変わるはずもなく、できるのは相も変わらず終末のほうに傾いた歌ばかり。それなら時系列にしないほうがいいだろうということで、全面的に構成を改めました。

この期間の大きな変化といえば、五十二歳で泳げるようになったことでしょうか。岸からいくらか離れたところを泳ぐと世界が面白く見えたりします。定型が岸だとすれば、それに沿ったところを律儀に泳ぐつもりはさらさらありません。短歌の岸から遠く離れて、だれも見たことのない風景を見たいと念じております。

短歌を再開するにあたっては、多くの優れた若手歌人の「風通しのいい」作品から影響を受けました。一人だけ名を挙げると、早逝された笹井宏之さん。その笹井さんの歌集の版元である書肆侃侃房の現代歌人シリーズに拙歌集が入るとは、まさに望外の喜びです。

これまで百冊をはるかに超える著書を上梓してきましたが、ことに嬉しい一冊になりました。紹介の労を取っていただいたフラワーしげるさん（と、そちらのほうの名で呼んでおきます）と構成に関して貴重なアドバイスをしていただき、本づくりの実務を担当してくださった田島安江さんと黒木留実さん、そして、本書を手に取ってくださった読者の皆様に謝意を表します。

二〇一六年十一月

倉阪鬼一郎

■著者略歴

倉阪 鬼一郎（くらさか・きいちろう）

1960年、三重県生まれ。

早稲田大学在学中に幻想文学会に参加、分科会の幻想短歌会を主宰。

1987年、短篇集『地底の鰐、天上の蛇』（幻想文学会出版局）でささやかにデビュー。

1989年、第一歌集『日蝕の鷹、月蝕の蛇』（同上）を刊行。

平成とともに俳句に転向、「豈」同人。句集に『アンドロイド情歌』『悪魔の句集』『怪奇館』など。俳句関連書に『怖い俳句』『元気が出る俳句』『猫俳句パラダイス』などがある。

1998年より専業作家。ホラー、ミステリー、幻想小説など多彩な作品を発表。

近年は時代小説の文庫書き下ろしを多く手がけ、オリジナル著書数は130冊を超える。

趣味はマラソン、トライアスロン、囲碁・将棋、油絵、鉄道など。


ホームページ「weird world 3　倉阪鬼一郎の怪しい世界」http://krany.jugem.jp/

「現代歌人シリーズ」ホームページ　http://www.shintanka.com/gendai

現代歌人シリーズ14
世界の終わり／始まり

二〇一七年二月十九日　第一刷発行

著　者　倉阪 鬼一郎
発行者　田島 安江
発行所　書肆侃侃房（しょしかんかんぼう）
〒八一〇 - 〇〇四一
福岡市中央区大名二 - 八 - 十八 - 五〇一
（システムクリエート内）
TEL：〇九二 - 七三五 - 二八〇二
FAX：〇九二 - 七三五 - 二七九二
http://www.kankanbou.com　info@kankanbou.com

装丁・DTP　黒木 留実（書肆侃侃房）
印刷・製本　アロー印刷株式会社

ISBN978-4-86385-248-8　C0092

現代歌人シリーズ　既刊

現代短歌とは何か。前衛短歌を継走するニューウェーブからポスト・ニューウェーブ、さらに、まだ名づけられていない世代まで、現代短歌は確かに生き続けている。彼らはいま、何を考え、どこに向かおうとしているのか……。このシリーズは、縁あって出会った現代歌人による「詩歌の未来」のための饗宴である。

1. **海、悲歌、夏の雫など**　千葉 聡
海は海　唇噛んでダッシュする少年がいてもいなくても海
四六判変形／並製／144ページ
定価：本体1,900円＋税　ISBN978-4-86385-178-8

---

2. **耳ふたひら**　松村由利子
耳ふたひら海へ流しにゆく月夜　鯨のうたを聞かせんとして
四六判変形並製／160ページ
定価：本体2,000円＋税　ISBN978-4-86385-179-5

---

3. **念力ろまん**　笹 公人
雨ふれば人魚が駄菓子をくれた日を語りてくれしパナマ帽の祖父
四六判変形／並製／176ページ
定価：本体2,100円＋税　ISBN978-4-86385-183-2

---

4. **モーヴ色のあめふる**　佐藤弓生
ふる雨にこころ打たるるよろこびを知らぬみずうみ皮膚をもたねば
四六判変形／並製／160ページ
定価：本体2,000円＋税　ISBN978-4-86385-187-0

---

5. **ビットとデシベル**　フラワーしげる
おれか　おれはおまえの存在しない弟だ　ルルとパブロンでできた獣だ
四六判変形／並製／176ページ
定価：本体2,100円＋税　ISBN978-4-86385-190-0

---

6. **暮れてゆくバッハ**　岡井 隆
言の葉の上を這いずり回るとも一語さへ蝶に化けぬ今宵は
四六判変形／並製／176ページ（カラー16ページ）
定価：本体2,200円＋税　ISBN978-4-86385-192-4

---

7. **光のひび**　駒田晶子
なかなかに引き抜きにくい釘抜けぬままぬけぬけと都市の明るし
四六判変形／並製／144ページ
定価：本体1,900円＋税　ISBN978-4-86385-204-4

---

8. **昼の夢の終わり**　江戸 雪
いちはやく秋だと気づき手術台のような坂道ひとりでくだる
四六判変形／並製／160ページ
定価：本体2,000円＋税　ISBN978-4-86385-205-1

---

9. **忘却のための試論** Un essai pour l'oubli　吉田隼人
ぺるそな　を　しづかにはづしひためんのわれにふくなる　崖のしほかぜ
四六判変形／並製／144ページ
定価：本体1,900円＋税　ISBN978-4-86385-207-5

---

10. **かわいい海とかわいくない海 end.**　瀬戸夏子
恋よりももっと次第に飢えていくきみはどんな遺書より素敵だ
四六判変形／並製／144ページ
定価：本体1,900円＋税　ISBN978-4-86385-212-9

---

11. **雨《ふ》る**
渡辺松男

ああ大地は
かくも音なく
列をなす
蟻を殺してゐる
大西日

四六判変形／並製／176ページ
定価：本体2,100円＋税
ISBN978-4-86385-218-1

12. **きみを嫌いな奴はクズだよ**
木下龍也

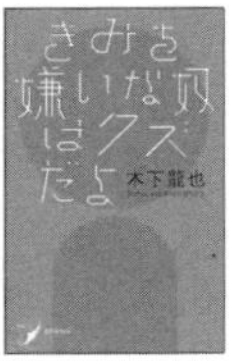

「いきますか」
「ええ、そろそろ」と
雨粒は雲の待合
室を出てゆく

四六判変形／並製／144ページ
定価：本体1,900円＋税
ISBN978-4-86385-222-8

13. **山椒魚が飛んだ日**
光森裕樹

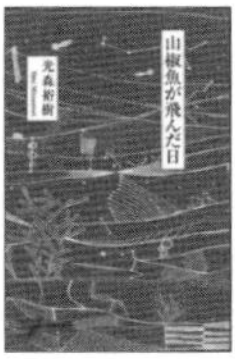

香煙を射抜く春雨
叶へたき願ひは
棄てたき願ひにも似て

四六判変形／並製／144ページ
定価：本体1,900円＋税
ISBN978-4-86385-245-7

以下続刊